五行歌集

だらしのないぬくもり

大島健志
Ohshima Takeshi

そらまめ文庫

目次

第1章　前夜

踏み切る
勇気も
無いくせに
着地の言い訳
考えている

憂鬱な教室でも
半壊の家庭でも
寂しくない
空想の友達と
いつも一緒

踏み外したら
そこは
ロープも届かない
底無しの穴
刃の上を行く

強がりを言う時も
心の中では
小便をちびってる
濡れた股間が乾かない
永遠の少年

許されることなく
救われることなく
かろうじて
愛されている
あの日の僕

親も　先生も
ウソばかり
でも
ロックシンガーだけは
本当を歌ってる

勝手に期待して
勝手に失望して
それを傷と呼んで
優しさを強請《ねだ》るなんて
虫が良すぎる

涙目で
睨み付けた
未来から
ずっと　ダメ出しを
されている

心を殺して
生きるのは
ゆるやかな
自死と同じ
かつての僕も

生きるのは辛い
死ぬのは怖い
だけど　明日は来る
挨拶もなく
土足のままで

立ち向かっても
逃げても　いい
狂っているのは
時代のほうだ
君のせいじゃない

臆するな
お前は
お前の
正しさを
叫べ

第2章　味の無い日常

もうとっくに
味が無くなった
日常を
懲りずにまだ
噛み続けている

最新型の孤独に
課金する日々
叶わない夢に
延滞料を払う
残された時間は僅か

殺した思い出の
返り血を浴びたまま
忘れてしまった
記憶を頼りに
あの目印を越えて

どうせなら
解らないで欲しい
たとえ解っても
共に傷むだけ
そんなこと望まない

どうすればいい
何をすればいい
もうわからない
ただ　みんな
ひどく疲れている

向精神薬《クスリ》は
トモダチ
怖くないよ
ちょっと手は
震えるけどね

小銭の音には
すぐ反応するのに
大事な人の
悲鳴ひとつも
聞き分けられない

あれもこれも
他人事だと
切り捨ててきたから
どうにかこうにか
生きていられる

傷んだのは
他人のせいか
自分のせいか
責任の所在は
明確にしないまま

歓喜のあとにも
破滅のあとにも
生きていれば　続きがある
物語は意外とタルい
今日も似たような日

覚悟の無いまま
産まれてきて
覚悟の無いまま
くたばりそう
来世から本気出す

停滞か　安定か
部屋には　今日も
しょぼくれた
Wi-Fiが
飛んでいる

第3章　ありふれた絶望

ありふれた
絶望にも
きちんと名札が
つけられていく
優しい世界

人が傷付くのを
見るのが好き
自分の心も痛んで
ああ　生きてるな
って思う

聞かせてくれ
もっと　えげつない
失敗の話
他人の不幸だけが
私を癒すことができる

ああ　またか
治りかけた
口内炎を
また嚙むような
歯痒さ

ペラペラなのに
ギザギザしてる
私の心は
お弁当の中の
バランのよう

飲み込むより
吐き出したほうが
いいものもある
そこらじゅう
菌だらけ

不確かな想いを抱き
不確かなご飯を食べ
不確かな地面の上で
何かを信じるのは
とても危険なこと

魂はきっと
血と糞にまみれて
そりゃ ちょっとは
くさいけれど
なお輝いている

壊れた傘は
捨てられる
壊れた人は
どうなるのだろう
雨も庇えずに

抗え
運命を
殴り返せ
お前はまだ
生きたいんだろ

重い荷物は
君一人には背負わせない
共に呪われて
共に罰を受けよう
これも何かの縁だ

いつの日か
あなたの悲しみを
掬い取れるよう
わたしの痛みを
生贄に捧げよう

第4章　僕の発明品

禁じ手ばかりを
駆使しては
生き延びてきた
良い子は
真似しちゃダメ

演技でも
いいじゃないか
様になってるなら
きっと　何割かは
君の本性だ

精神がどんなに
打ちのめされても
生きることを
あきらめない
けなげな欲望

誰が何と言おうと
この生き方は
僕の発明品
命懸けの一雫
汚い手で触るな

ポストイットに
殴り書きされた
世界の秘密
今日のところは
担当者不在

神様は
あの日以来ずっと
行方不明だけれど
天使は公園で
鳩に餌をやっている

安物の
プライドを
下取りに出して
コンビニで
珈琲を買う

賞味期限は
あんがい直ぐに
やってくる
売れ残ってからが
本当の人生

仏陀の悟りは
仏陀だけのもの
君にも　君だけの
オーダーメイドの
涅槃が待ってる

僕は
僕の影を
軟禁してる
形ばかりの
心の平穏

もう素顔と仮面の
区別がつかない
それでもいい
仮面越しに
君の歌を歌う

おはよう
まだ修行は続く
新しい水を飲んだら
さあ　また
この生活の続きを

第5章　幸せのコツ

鎖を外しても
もう逃げないよ
飼われている
わけじゃない
好きでここにいる

全ての苦悩が報われる
とは思わないが
沈んだぶんだけ
深くなる場所も
あるんじゃないか

溺れないように
息継ぎを覚えて
丁寧なストローク
もうちょっと
遠くまで

おそろしいのは
満たされてしまうこと
欠落したままで
いることは
罪だろうか

自分だけは
いつか必ず
宝くじが当たる　と
信じて疑わない
そんな生き方

不寛容な
この世界を
案じている
パピコを
かじりながら

未来なんかに
安定を求めちゃ
いかんのです
変わり続ける
覚悟はあるか

心を開いたら
どんどん
泣き虫になってゆく
それでも
今のままがいい

ぼーっと生きていても
それなりに
幸せを感じられる
社会であってほしい
これからも

化石になった
絶望の
ほろ苦い味わい
マヨネーズを
つけて頂く

同じ後悔を
二度しないこと
幸せのコツ
これ基本ね
テストに出ます

だらしのない
生き様からも
何かを感じて
くれる人がいる
しあわせ

第6章　君の未来に

君の未来に
希望の匂いを
振り撒く
そういう大人に
僕はなりたい

君の不調には
僕が一番に気付く
必ず手を差し伸べるから
「大きなお世話」と
強がってほしい

心の中に
公園を持て
誰かが遊びに来て
少し休んで
いけるような

良心にもっと
筋肉をつけたい
逆三角形の
優しさなら
きっと誰かを救える

足りないもの　は
要らないもの
二人で一緒に
新しいやさしさを
つくるんだ

枝葉なら
いらない
君の芯を
撃ち抜く
言葉だけ欲しい

やっちゃいけないこと
全部してみたい
叱って　全否定して
その後に
抱きしめてほしい

せつない夜は
ドリンクバーで
喉をふやかして
しなくてもいい
話をしよう

電波も
届かないほど
遠くまで行ったら
絵はがきを
書くよ

命綱が
切れそうなとき
君の唾液が
必要だ
キスミーソフトリー

遠くから
風を送るから
君の傷が
少しでも
早く乾けばいい

君から
貰った勇気を
缶バッジにして
背中のリュックに
つけておく

第7章　とどのつまりは

本物の想いも
本物の体験も
まだ手にしていない
ウタモドキを
量産する

深みもない
凄みもない
帳尻を
合わせただけの
ひ弱なことば

強いだけじゃなく
正しいだけじゃなく
優しいだけじゃなく
ちょっとダサいのが
スーパーヒーロー

優しさを
手抜きしない
出し惜しまない
全現象に
好かれたい

もう
信じてもいい
かさぶたは
前より強い
皮膚になってる

僕の歌は
いつか必ず
僕らの歌になる
そう願って
心を削る

君の必死さは
新しい勇気を生む
そうやって
この世界は
少しずつ変わる

僕の必死さが
誰かの勇気に
繋がって欲しい
箱根駅伝の
襷のように

自分の
くだらなさには
随分と救われてきた
お利口になんて
なってたまるか

いろいろと
理屈をつけて
みるけれど
とどのつまりは
ただのばか

僕は　僕の
愚かさを知るために
生まれてきた
これでいいのだ
これがいいのだ

神様も
所詮は脇役
最強の一人称
我が道を
行け

跋

草壁焰太

かっこうの悪い言葉のなかでも、「だらしのない」というのは、どうも感心しない、自分にとってもいやな言葉であろう。しかし、思えば人はみなだらしのないものである。とくに出られないぬくもりのある時は。

人は毎日そこから抜け出ようとしてもがいているとも言える。この歌集は、自分というもののかっこうの悪さに名札をつけている歌集である。そこまで丁寧に目印をつけなくてもいいじゃないか、と言いたくなるほど、かっこうの悪さを取り上げ続ける。

踏み切る　　　　涙目で
勇気も　　　　　睨み付けた

無いくせに
着地の言い訳
考えている

未来から
ずっと　ダメ出しを
されている

まるで、日常の人には隠している自分の気持ちを覗かれているような気がした。建設的で、楽天的で、いつかは何かやる男を演じてきた私が、自分の展示場には出せなかった弱い自分である。

これらを言葉にして、頷けるものにしているのは、言葉では確実、誠実を守り、かっこうの悪い言葉を使いながら、何かを結実させている。まっとうなことは何もしていないと言いながら、「実」を持っている。

だから、私は私のひた隠しにしてきた弱さにも共感し、この作者も言っているように、自分の弱さに傷つく弱さにどこかほっとしているのである。

ということは、人みなの持つ弱さや自己愛を言葉で確実に表現していると言うことができる。自己愛は生きとし生ける者の第一単元であるから、これを確実に表せれば、生き物みなは拍手するはずである。

その目的は私と同じで、スタイルは違う。どちらがいいのか、と私は読みながらふとつぶやいた。もはやライバルのように感じているからである。表現の世界はそういうものだ。かっこうの悪さまで、利用する。

あとがき

私は図書館で働いていたこともあり、よく「本が好きなんでしょ？」と聞かれることが多いですが、読書量は一般の人に比べても多い方ではありません。その代わり、暇さえあれば音楽を聴いています。

主に邦ロックを好んで聴きますが、詩を書き始めたのも歌詞の影響が大きかったと思います。特に、甲本ヒロトさん、真島昌利さん、草野マサムネさん、吉井和哉さん、藤原基央さん、田中和将さん、五十嵐隆さん、いしわたり淳治さん、蔡忠浩《サイチュンホ》さんといった作詞家達には本当に多大な影響を受けました。彼らは現代の詩人であると同時に、自分にとっての憧れであり、ヒーローであり、目標でした。その言葉に何度救われたかわかりません。

とある歌会でも話したことがあるのですが、私は五行歌を書くことを「一人でロックバンドをやっているようなもの」と捉えている節があります。背が低くて、スポーツも苦手、絵心も無い、楽器もできない、バンドを組む友達も居ない、そんな自分が唯一ありのままに自分を表現できるものが詩歌だと思っています。

私はきっと、五行歌を通じて、かっこよくなりたいのです。

自分が影響を受けたヒーロー達のように、いつの日か自分が影響を与える側になれたら。それを目標に私は五行歌を書いています。

最後になりましたが、跋文を書いてくださった草壁焔太先生、表紙の絵を描いてくれた吉澤敬二さん、著者近影のイラストを書いてくれた滝沢和寿さん、装丁をしてくださったしづくさん、刊行に当たって色々と力になってくださった事務局の皆さま、いつも勇気をくれる家族と友人達、今までに出会った全ての五行歌人の皆さま、そして、本書を最後まで読んでくださったあなたに、心より御礼を申し上げます。そして、これからもどうぞよろしくお願い致します。

二〇一九年三月九日

大島健志

五行歌五則 ［平成二十年九月改定］

一、五行歌は、和歌と古代歌謡に基いて新たに創られた新形式の短詩である。

一、作品は五行からなる。例外として、四行、六行のものも稀に認める。

一、一行は一句を意味する。改行は言葉の区切り、または息の区切りで行う。

一、字数に制約は設けないが、作品に詩歌らしい感じをもたせること。

一、内容などには制約をもうけない。

五行歌とは

五行歌とは、五行で書く歌のことです。万葉集以前の日本人は、自由に歌を書いていました。その古代歌謡にならって、現代の言葉で同じように自由に書いたのが、五行歌です。五行にする理由は、古代でも約半数が五句構成だったためです。

この新形式は、約六十年前に、五行歌の会の主宰、草壁焰太が発想したもので、一九九四年に約三十人で会はスタートしました。五行歌は現代人の各個人の独立した感性、思いを表すのにぴったりの形式であり、誰にも書け、誰にも独自の表現を完成できるものです。

このため、年々会員数は増え、全国に百数十の支部があり、愛好者は五十万人にのぼります。

五行歌の会　http://5gyohka.com/
〒162-0843東京都新宿区市谷田町三―一九
川辺ビル一階
電話　〇三（三二六七）七六〇七
ファクス　〇三（三二六七）七六九七

イラスト / 滝沢和寿

大島 健志（おおしま たけし）

神奈川県在住。1979 年 7 月生まれ。
図書館情報大学同学部同学科卒。
母の影響で 2014 年頃から五行歌を書き始める。
現在、五行歌の会同人。
hidgepaso0713@gmail.com

そらまめ文庫 お 2-1

だらしのないぬくもり

2019 年 3 月 9 日　初版第 1 刷発行

著　者　　大島健志《おおしまたけし》
発行人　　三好清明
発行所　　株式会社 市井社
〒 162-0843
東京都新宿区市谷田町 3-19 川辺ビル 1F
電話　03-3267-7601
http://5gyohka.com/shiseisha/

印刷所　　創栄図書印刷 株式会社
カバー絵　吉澤敬二
装　丁　　しづく

ISBN978-4-88208-161-6